허당녀 염탐 보고서

김 정 미

허당녀 염탐 보고서

김정미

새미

목차

제2부

제3부

제4부

1부

달무리

하늘 길엔
은실 풀어놓은 다리가 출렁이고
다리 아래에선
건네주는 추억을 주워 담아요

하늘 아래
앙칼진 고양이 울음소리가 구출되고
공중에선
날갯짓 퍼득이며 몰려드는 전설

갑자기
머리가 흔들거려요

쉿, 어머니 눈동자를 닮은
배부른 달이
은가락의 간주곡에
가만가만 귀 기울여요

너그러운 만삭동이 손을 뻗어요

10분 동안의 염탐 보고서

정류소 하차 멘트가
나를 버스 속 의자에서 일으킨다
네다섯 명의 발자국이 터벅터벅 복사되며
무관심 속으로 사라진다
다음 버스를 기다리는 몇 명의 여학생들
와그르르 쏟아지는 웃음의 자유가
무릎 위 이십 센티는 족히 올라간
찢길 듯한 교복치마에 얹혀 있다

그들만이 누릴 수 있는 자유에
한 표 보태며
거리의 염탐이 시작될 때
한 남학생이 여학생을 힐끗 노리다
나의 눈과 정면 충돌한다
이어폰 잽싸게 귓구멍에 틀어박으며
찰나의 황당함을 모면하는
남학생의 센스를 못 본 척 고개 돌리고
오십 미터 전방으로 직진한다

텅 빈 핸드폰 가게의 적막을
단 칼에 베어버리는
빨간 모자 둘러 쓴 떡볶이 집 사장의
한 옥타브 올라간 손님 반기는 소리가
코너를 돌아선 길거리 벽에 도배되어진다
화장품 가게 옆 코너의 벽에
사활을 건 소주방 간판이
새빨갛게 심장을 태우고 있다

빵집 진열대 앞
갓 구워낸 빵의 유혹에
다이어트 결심과 팽팽히 대립하다
자주 무너져버렸던 곳에서
이 악물고 좌회전 코스로 진입한다

퇴근길 정유소에서 시작된 10여 분 거리
인간과 길이 맺어진 사라지지 않을 길

우리 집 아파트 삼거리 입구에
상위층 하위층 구분 없는 발 도장들
셈할 수 없는 알을 낳고 사라지고
또 쪼록쪼록 알을 낳는다

그 날 날고 싶었다

여자아이 보자기 책가방이
초가삼간 구들방에 홀가분히
내동댕이쳐진 순간
이모가 놓고 간 예쁜 옷 한 꾸러미
자석처럼 눈에 달라붙는다
도시에서 건너온 형형색색 옷가지들이
팔 다리 뒤엉킨 채
새로운 주인을 기다리고 있었지

촌뜨기 열 살 여자 아이가 갈아입은
꽃무늬옷 한 벌
팔뚝에 돌돌 말아진 긴 꽃 소매가
부드러운 콧물받이로 탄생되고
길게 늘어진 꽃바지단은
구멍 뚫린 검정 운동화 속 발뒤꿈치의 아픔을
부드럽게 감싼다

우영밭 작은 귤나무
황금빛 열매를 꿈꾸며 서로를 보듬으며

가을빛이 주는 식사를 온 몸으로 받아 먹는다

갑자기 들려오는 천둥벼락보다 더 무서운
아버지의 쩌렁한 기침소리에
활짝 핀 꽃무늬옷 화들짝 놀라 쭈그러든다
아차
해 지기 전에 해야 할 오늘의 할당이 있었지

우영밭의 김 메는 일을 잊어버리고 싶었던
아니, 하루의 할당보다는
옷 속에 날개를 달고 싶었던 그 날
처음 본 예쁜 꽃무늬 옷에 나의 숨결을
불어 넣은 순간
빛바랜 낙엽이 되어버린 꽃무늬옷 한 벌

고사리 꺾기

억새 틈새에 숨어있는
밤이슬 받아먹은 물오른 고사리
숙련된 손끝의 감각으로
또옥또옥 모은다
아버지 기일에 올려놓을
오롯한 정성을 모은다
아들의 까탈스런 입맛 살리는
육개장의 얼큰 칼칼한 맛을 모은다

짊어진 배낭 등줄기 아래로 힘이 쳐질 때
또로록 떨어지는 땀방울의 짠맛과 함께
한 줌의 나눔을 기다리는
소중한 얼굴들의 미소가
아기고사리 손에 내려앉는다

새벽녘 깊은 잠을 싹둑 잘라 일으켜
사월 들판에 던져주는 선물 찾아
어스름녘 배낭 메고
고사리 들판으로

소금 동냥

거슬러 올라간 시간
으스스한 검은 이야기에
쨍쨍한 햇살도
무서운 이야기 녹이지 못했던 날
그날 밤
우리 집 마당의 키 큰 감나무에선
하늘을 부채질 하며 도깨비불을 피워댔고
돌담 집 화장실에는
까만 혀가 날름거리며
무시무시한 도깨비 이야기를
피우고 있었지

숨소리 모여든 방 안에는
내가 뿌린 밤이슬로
솜이불이 촉촉이 젖어들었고
옆집 할머니 항아리 속에선
왕소금 한 줌이 히히덕거렸지

오줌 싸라
오줌 싸라, 외치면서

추억을 꺼내며

한 밤중 골막한 배 채웠던
옆집에서 갖다 준
하얀 제삿밥
가년스런 코흘리개 시절이 그리운 계절

고구마 캐던 날
삼나무 불꽃 탁탁 튕기는 소리 재미 삼아
불더미 속 군고구마 기다리며
불꽃놀이 즐겼었지
튕겨난 불덩이 조각에
단발머리 지지직 누렇게 타 들어도
달콤한 군고구마 새까만 숯 털어내는
재미가 더 신이 났던
익어가는 가을이 있었지

수확 끝나는 날에
마늘장아찌 안주 삼아
막걸리 들이마신 아버지
묵묵했던 얼굴 활짝 펴셨던 모습이 아른거려요

마을 뒷산의 키 큰 억새꽃들
숨어있는 늙은 뿌리에게서

그 옛날의 가을얘기 소곤소곤 전해 듣고
기워 놓은 추억
한 올 한 올 풀어 날린다

신호등

찰나를 놓치지 않은 파티가 시작 된다

시간이 없어
선봉에 서야해
흔들침대에 걸터앉아
요염한 자태 뽐내며 무르익는 패션쇼

관중들 눈망울이 몰려든다

하루를 지나는 초록 마디에 보내는
빨간 경보음 삐삐삐
노란 리본 두른 모델들 해제 신호 대기 중

서둘러야 해
거리의 긴 호흡은 허락 안 해

찰나의 노란 불에
보글보글 발효되어 영글어 가는
청사과 하나
홍시 하나

어긋난 일기예보

늦깎이 해바라기
슬그머니 고개 들어
가을구경 나서려다
그만
싸한 빗방울에 딱 걸리고 말았네

담판 짓겠다며 모여든 구름들
해바라기 뺨 벌겋게 부풀려 놓고
모른 척
미안한 맘 쓸어내리는데

내 나이 몇인 줄 알아?
고개 숙인 해바라기
눈물만 뚝 뚝

팔자소관

내 나이
서른 중반 즈음
점쟁이 하는 말
사십 넘으면 높은 빌딩 올리겠어

내가 물었지
가능성 꽝인데요?
점쟁이가 말했지
빌딩보다 더 귀한 자손 셋은 얻겠어

그리곤 기억에서 점쟁이를 잊었어

이십 년이 지났어
빌딩 같은 건 없어
귀한 자손 둘
더 낳지도 않았어
당당하게 말할 게 있어

더도 덜도 아닌 지금 만큼만

점쟁이 말은 잊은 게 아니었어

점쟁이는
바로 나였던 게야

단소리

네, 라는 대답
아끼지 마라
우는 아기 달래 듯
맛있는 것 듬뿍듬뿍 사다드려라
시어른께
이 두 가지만 게을리 하지 마라

그래야
널 시집보낸 이 어미
밤잠에 시달리지 않는다

어머니의 마른 헛기침 소리는
잠든 내 눈과 귀를 깨우며
실눈 벌겋게 부풀린다

이제는
자식의 표정만으로도
귀동냥이 충분하다는 어머니
어머니의 잔소리 더 늘었다

애야,
나이 들면 힘들다
애야,
아프지 마라

빈 병 집합소

러브샷 날리며
달달했던 지난날 지우지 못한
젊은 남자의 애절함이
와인병의 길쭉한 둥근 몸통에
힘없이 걸쳐져 있다

와인병 달랜다며 합세한
소주병들의 수다가 쏟아지고

공사장 흙 나르던
어느 가장의 못다한 푸념이
파란 소주병 속에서 술술 흘러나온다

손자의 혓바닥에 맴도는
할머니의 손맛 지워질까
두려움에 떨고 있는 참기름병의
끈적한 눈물에
모두 한 지붕 가족이 되어버린

다시 쏟아지는 공존의 소리

쨍그렁, 쨍그렁

목련 꽃차

여린 몸
너를 훔쳐 품은 날
떨리는 손으로
겹겹이 입은 옷 벗겨 내리다
숨겨진
진짜 너의 모습에
왈칵하고 말았어

혼자 삭여야할 운명도
때론 뒤바꿔지기도 하지
하얀 옷 사이에 꼭 숨어
노란 피 보내는 너의 심장

내가 시집오던 날 간직한
속살을 드러낸 부끄럼이
너에게도 있었구나
하얀 드레스 속에 감춰 놓은
속살을 들켜버린
새 신부의 수줍음이

유리 다기 잔 가득 노랗게
피어오르는 날에

너를 가슴 깊숙이 품는다

벚꽃의 낙화

물오른 얼굴
터질 것 같은 실핏줄이
연한 속살 위로 피어오르는데

바다로 떠날 채비 서두르던 바람
악수 건네다
그만
핑크빛 치마 들추고 말았네

화들짝 놀란 가슴
아는지 모르는지

바람의 간주곡에
너도 너울
나도 너울

2부

가을날의 왈츠

당당했던
초록의 전령사들
온몸 뜨겁게
불태우고 떠난 자리
참새 떼들
진탕 울어대며
굿판 벌이더니
가지마다
붉은 깃발 노란 깃발
주렁주렁 달아놓았네

시계꽃

밥벌이가 우선이라
이리 뛰고 저리 뛰고
땀방울 밥방울
다 삼켜
고개 들어보니
씨익
꽃시계를 찬 신사라네

풀벌레표 초록 넥타이
힘깨나 쓰려는지

분 냄새 풀풀한
어느 아낙 손잡고
탱고라도 추시려나

별도봉의 가을

갈대의 웃음에
등 돌리는 바람아
보약 냄새에
얼굴 돌리는 하늘아

파도가
물고기의 지느러미를
꼬리까지 키워 놓았고
땅속의 울음을 건져다
장미의 가시에
방울로 매달아 놓을 때

여인들의 목소리엔
단풍이 들어 있었고
나의 목덜미엔
물고기가 살고 있었지

소나무의 비망록

치열한 삶에서
살아남은 승리자들의
묵상은
알 수 없는 그들의
과거 때부터 이어졌지

바람의 난폭에도
폭설의 장난에도
오로지 초심을 지켜야 한다는
일념으로 견뎌내는 건
훈련이 아닌 운명

그 속이 늘 푸르기만 했으랴

생각 한 번 해보지 못한
낯선 이름 재선충
운명을 메단 시퍼런 칼소리
웅웅 스쳐 지나갈 땐
아무것도 모른 척

싱싱한 머릿결 곤두세워
푸른 숨소리만
바람에 날려 보냈지

온몸 시름시름 말라가는
동료의 안부에
손 한번 잡아주지 못한 설움 삼키며
험한 여정 견뎌낸
두꺼운 발목에서
묵묵히
초록 혈류 솔솔 흐르는 걸 보았네

허당녀

마트에 간식거리 사러 갔다
판촉사원의 야들야들한
목소리사냥 시합이 한창이다

입맛 따라 총부리 총총
평양냉면 함흥냉면
육개장 삼계탕
설렁탕 곰탕 탕 탕 탕

원 플러스 원
정확한 무게
정확한 날자
남이 달아놓은 저울눈에
눈멀어
시장바구니 가득 채워놓고 보니
카드대금 한도초과,

총부리 피할 사각지대 없는데
진작
나는 나를 재지 못하는

총 맞은
허수아비

오늘의 운세에 대하여

새벽 출근길 잠시 망설이다
양산을 챙겼어
검은 구름이 흰 구름 꼬리 물고
염탐하러 들어 간 순간
짧은 오해가 있었지

구름에 대한 행적이
기록으로 남겨질 날
엄마 품에 안긴 아기 낯가림 하듯
작은 떨림에도
진실과 오해의 간격이 큰 그런 날은
나를 지키기 위해 더 단단해져야 했어

여름만 되면
어디를 겨냥할지 모르는
번개를 무서워했지만
수호천사의 운명을 믿었지

잘 풀리던 하루의 끝 귀갓길
딴전은
갑자기 사나워진 소낙비
오늘 손질한 웨이브 펌에 퍼붓는 심술

심사가 꼬이는데
가방 속 꽃무늬 실크양산이
내 허리를 쿡쿡 찌르며 놀리는 것 같았어

오늘 참,
꼴리는 날이야

달팽이의 비상

홈쇼핑 광고에서
쇼호스트가 흘리는 말꼬리에 달아놓은
기름진 화살촉은
중년 여인의 환상과
중독을 향해
정확히 겨냥 한다

다림질에 마법 걸린
달팽이 크림
지갑 속의 카드번호와
순식간에 교환 되고
이마 주름
눈가 주름
팔자 주름
시시해져가는 중년의 얼굴이
비상을 꿈꾼다

잠결에

박제 된 달팽이 비릿한 핏물
뚝뚝 흘리며
제 집에서 기어 나온다

수수씨, 나 좀 봐요

옥수수를 먹다가
문득 거울 속에 비친
내 모습을 봤어

햐, 그게 말이야

개딸년 같은 것이
개뼈다귀 입에 물고 나팔 부는
영락없는 미친년 같더라니까

저기 수수씨는
마누라 속이 다 헐어 문드러졌는데도
저 혼자 잘난 척
흰머리 붉게 물들인 것 좀 봐

너의 감언이설에
홀딱 넘어가 줬더니
내 말에는 시간 없다 돈 없다
핑계만 늘어가고
네가 제 아무리 옥씨 성을 가지면 뭐해

나 이래 봬도 이빨 센 미시족인 거 몰라?
두고 봐
내 입에 씹히는 날
넌 씨알도 없어

콩나물

소란스런 바깥세상 흔들림에
올곧은 마음 흐트러지지 않으려
내 안의 온도에 몰입한다

우리의 태생을 따뜻하게 해 준
검은 지붕 집을 벗어날
미래의 운명 같은 건 생각 않기로 해
좁은 방에
꽉 차오른 젖은 사연
서로의 숨소리만으로도
그래, 괜찮아
웃을 수 있었어

눈부신 태양 빛이 없어도
마음 따뜻이 녹아드는 아랫목이 있어서
젖은 두 다리 쭉쭉 뻗어내려
선잠에 구부러진 목뼈 곧추세우며
서로 등 쓸어내리지

하늘구경 한 번 못한
머리 위에 별똥꽃 우수수 피었다
은총의 물세례 쏟아진다

인정 하영 걸지 말라

온 종일 어머니와 하루를 채워가던
저녁 무렵
처음 듣는 한 소식

이 어멍 죽거들랑 귀향풀이 때
인정 하영 걸지 말라
곧작허게 갈 길 잘 가키여,

가실 길에 험한 여정보다
험한 길 닦아드릴 자식의 인정에
행여 누가 될까 조급해진
어머니의 특별 예약이 시작되는 일상

방바닥 장판 밑에 은행 차려놓고
쌈짓돈 적금 붙기를
어언 몇 십 년째
어느 자식 궁색에 낯빛이
어두워질 때마다
통장 깨어 대납인생 사시더니

저 아픈 것 눈에 담고
나 어찌 먼 길 갈까

가실 일에 걱정이라
몇 년째 부적으로 달아 놓은 말
아픈 손가락에 약이 되었네

지팡이 친구삼아 넘나드는
방바닥 귀퉁이에
쌈짓돈 먹고 배부른 장판
불어 넣은 한숨 한 자락도 같이 자랐네

구부려진 손마디 안에 쥐어드린 지폐 몇 장
필요 없다, 필요 없다 하시더니
은행 문 활짝 열고
손주 몫이라며 덤으로 빼 주시네

무성하게 자란 나무 그늘 밑
두 다리 뻗지 못한 그림자만
못내 아리시는

말은 잠들지 않아

말고기 집에 갔다
불판이
채 달구어 지기도 전에
잘 구워지지 않은 말부터
잘근잘근 씹다가
소주 한 모금에 삼키는 사람들
벌써 취기가 흥건하다
귓바퀴에 걸터앉은
말 발굽소리가 가시질 않아
어금니 꽉 깨물고
빗살 좋은 갈비뼈
씨름하듯 잡아 당겼더니
도수 오르지 못한 내 얼굴만
농익어 버렸어

바람 따라 들판을 휘감은 밤
말은 아직도
잠들지 못해 서성이고

옆 테이블에서
누군가 슬그머니 구워대는
말 냄새가 지독해
귀까지 어지러워
"여기요, 말 구이 말고
샤브샤브로 주세요,"
잘 구워지지 않은 말
싸면 똥인데 자꾸 입이 간지러워

단백질 보충 레시피

콩나물 동태찜에는
순서가 중요해
동태 삶아 따라낸 국물에
찹쌀가루 조금
콩나물은 최대한 듬뿍
비린내 제거가 팁이야

핏물 쏙 뺀
갈비찜 양념장에
견과류 갈아 넣어봐
무릎뼈에서
도가니탕 냄새가 송송 올라올 거야

보글보글 끓어오르는
소고기 들깨 된장찌개에
두유 한 컵 투하는
죽여주는 입맛 탄생의 비밀
나만의 특급 비법이야

참, 그거 아니?

닭가슴살 볶음에
방울토마토 브로콜리 파프리카
양파 당근 넣고
돈가스소스로 버무려야
단백질 근육질이 살아난대

어때?
뱃살 기름기 좀 없어졌니?

알밤오름의 노을

땡볕에 늘어져
칙칙한 하품만 퍼붓던 하늘
기지개 몇 번에 알밤 톡톡
터트리는 기세 좀 봐
어느새
찬 이슬 먹고
벌겋게 타들어간 가슴팍
내보이며
급행열차 갈아타는
저 당당한 기세 좀 봐

씨고구마

구들방 시렁에서 곤히 자던
씨고구마
굴뚝에서 올라오는
불똥 냄새에 잠 깨었지

마당에선
보름달 가로챈
싸락눈 함박눈 앞다투는 소리에
처마 밑 고드름 눈빛만 사나워지고

잠결에 뒤척이던 막내 동생
고단한 엄니 가슴팍만 헤집는데

덩치 큰 고구마
헛기침 꾹꾹 누르며
쭈뼛쭈뼛 고개 내미는 싹눈 재우느라
벌겋게 달아오른 밤

할머니의 박물관

그 해,
세 살 여자 아이는 아무것도 몰랐었다지
경찰에 불려나가 사라진 스물두 살 아버지
한 방 총성에 꽃잎처럼 스러져버린 스물세 살 어머니
같은 날에 상주 옷 없는 벼락장사 치렀다는 것을

다만 어미젖 뺏긴 갓난아기
할머니의 빈 젖 빨다 울음소리 그쳤다는 얘기
열다섯 살에 처음으로 들었을 뿐이라 했지

사월의 비린내 풍기는 바람으로
뒤엉켜진 숲
무더기의 아우성이 땅속으로 잠기고
보고도 차마 입을 열지 못하는 하늘
눈만 떴다 감았다 반복했다지

빈 젖에 매달려 울다 지친 핏덩이 아기
밤나무 열매 우거진 숲에 묻고 돌아올 때
눈물이 다 말라버렸다는

할머니의 얘기 끊어진 지 오래다

사월이면
돌고 돌아서 온
세 살 여자 아이의 하얗게 변한 귀밑 머리에서
온몸 숭숭 터지도록 물들다 메말라버린
단풍 같은 눈물이 바스락 거린다

칼선도리

바람 따라 달려 간 곳
신천 바다엔
수장바위 칼선도리가
용궁 올레를 지키고 있었어

바다에도 눈과 귀가 있어
묻힌 지 오래된 이야기 건져 올리는 날엔
바다의 뿌리를 뒤흔드는 파문을 몰고 오지

파도의 외침에 무딘 가슴이 살아나고

바닷길 헤매이다 죽음 면했다는
전복 따던 금덕이의 거친 숨비소리가
남해용궁의 긴 침묵을 깨뜨리며
바위 위로 하얗게 솟아오르고 있었어

땡볕에도 줄기 쭉쭉 뻗어
뿌리를 키우는 고구마
미역 틈에 심어놓으면

수 천 수 만 마리의 고기 떼들이
용궁 올레길 열어주겠지

서럽게 울면서 들려주다 멈춰버린
미처 알아듣지 못한
가시 돋친 파도의 이야기는
남겨 두기로 했지
칼선도리에 부드러운 바람은
다시 불 것이기에

그냥 화장지가 아니야

우리들은 그저
당기면 당기는 데로
무심하고 한심하게
찢어지는 아픔도
모르는 줄 알고 있니?

뜨거운 여름 날
아이스 커피 잔 바닥에 눌려진 채
온몸 문드러지는 아픔도
꾸역꾸역 참아내기만 하는 줄 알고 있니?
황금 불빛에 눈 멀어
제 몸 다 태우며 재가 되어 버리는
바보인 줄 알고 있니?

그거 알고 있니?
때로는 인간들의 엉덩이 훔치기 위해
변기통으로 버려질 때를
준비하기도 하지

그거 알고 있니?
우리는 버려진 운명의 변기통 속에서
코를 막다 죽어가는 게 아니라
인간들의 엉덩이 여행 다녀온 얘기들을
다시 모은다는 것을

인간들의 긴 창자에서 뽑아낸 찌꺼기들은
잘 난 너도
못 난 나도
다 똑 같이 구린내 나는
똥이라는 사실에
우리들은 깔깔대며 배꼽을 움켜쥐지

3부

사과배꼽

쪼개진 반쪽의 사과로
아침을 때우려다 사과 속에 박힌
어미의 심장소리를 깨물었다

숨소리 힘차게 들려주다
잘려진 흔적
꽉 닫힌 배꼽의 문을
열어보는 아침의 기억

사과에도 제 어미의 가르침이 있어
모나지 않게 살아가는 방법을
온몸 벌겋게 태우며
소리없이 배우고 있었다

둥글게 살아가라며
세상 밖으로 힘껏 밀어내다 잘린 흔적
어미의 눈이 사과꼭지에 배꼽처럼

한밤의 시시한 안부

의미를 부여했던 시간들이
빠르게 지나간다
커피 한 잔의
여유로움에 잠시 넋이 빠져들고
덜컹덜컹 심장을 두드렸던
지난 날에도 평화가 찾아든다

설레임
다시 이어지는 길에
오묘하게 당기는 힘의 존재

비를 뿌리던 하늘이
잘 길들어진 바람을 불러 모아
검게 그슬린 구름의 안색을 쏠어내린다

숨어버린 달에게
한밤의 안부를 묻는다

숫자에 불과한 닉네임이길

이름도 모르는
수많은 사람들의 안부가
원하지 않은 번호표를 닉네임처럼 달고
순식간에 뉴스광장 거리로 소문이 퍼져나간다
마스크를 쓴다
비누로 박박 씻어내리는 손등에서
시퍼런 혈관이 선잠에서 깨어나고
젓가락을 잡은 손끝이 떨린다
스키드마크를 밟고 지나가지 않았는데
타이어 냄새가 나는 것 같다

한 지붕에 있는 것만으로
다행이라고 생각할 때
같은 하늘 아래에 있는 죄
죄가 아니라고
번호를 단 사람들이 하는 말을 듣지 못했다

한 하늘 한 지붕 아래 너와 나
마스크를 쓰고 무사무탈을 꿈꾸는 일이
매일매일의 일과가 되어버렸다

땡초 부침개

선잠 속
푸른 그림자가
다시 일어나고 있어

그들의 깊은 속내
어지간한 베짱으로 그 속을
읽어내는 순간
지독한 중독에 빠져들고 말지

가끔은 외국 이름 가진 애들과
놀고 싶을 때도 있어
브로콜리 파프리카 콜라비
외우기 쉬운 이름만 불러내지

오늘처럼
부슬부슬 비 내리는 날이면
청양고추 송송송
속까지 녹여버리는
청량한 봄날이 땡기지

오랜 친구와
막걸리 한 잔 마주하고
말랑한 비밀
빗속으로 마구마구 털어내지

눈물 나도록 매콤 알싸하게

가름한집당

가름한집당에 꽃비가 내렸다지

신천리 앞바다로 뛰어내린
신병 앓은
열아홉 현씨 애기씨
남아있는 신열의 얼룩을 씻고
색동한복 곱게 차려입은
신목神木으로 환생 했나

우거진 숲 한 모퉁이
엇박자 리듬으로
짓궂게 노래하는 매미 살갑게 받아주는
키 큰 늙은 나무
애기씨 옷으로 갈아입고
초록 가지들을 유년의 시절로
키워내고 있었네

목젖이 까슬까슬해오던 날이면
곪아가던 허물 툭 터트려 놓고

바람 같은 눈으로
허물고 온 시간을 찾아 헤매곤 했지

꽃단장한 나무에 얼기설기
묶어진 소원

동틀녘 잰 걸음 옮기시던
어머니의 비넘이
늙은 나무속으로
고이 스며드는 여드렛날이면

가름한집당에 뜨거운 꽃비가 내렸다지

빈 자리

몇 달 전에 정리한 재산목록

첫 번째로 아이들과 남편
다음은 20년지기 늙은 아파트
그다음은 나만 알고 있는 비자금 통장
마지막으로 새털처럼 가벼워진 엄마

엄마를 맨 꼴찌로 놓았던 게 영 죄인 같아
오늘 다시 정리해 봤다

엄마를 맨 앞으로 순서 바꿔 넣었다
그랬더니
비자금이 맨 꼴찌다

에라, 까짓 거
누구를 위한 비자금이지
오늘은 식구들끼리 외식이나 맘껏 해야지

그러고 보니
외식자리엔 엄마가 없다

나의 재산목록에서
새가 되어 훨훨 날아가 버린

홍시

풀밭에 드러누운 바람 하품 퍼부을 때
종종걸음 나서려다
돌틈에서 꼬리 잘린 도마뱀은
이미 죽은 것에 대한
과거로의 소환에
부질없는 시간을 낭비하지 않기로 했어

그들만의 재활법으로 얻은
눈부신 사랑은
발자국을 따라나서려던 진심
숲속에 묻어놓고
초록에 지쳐가는 나무기둥에서
까실까실한 보풀이 일어날 때쯤이면
입은 옷 하나 하나
미련 없이 벗어 던지기로 했지

그들의 사랑이
단단해져갈 무렵
고개 들면 보이는 저 취기 좀 봐

내 머리 위로
불타는 별이 떨어지고 있어

아찔한 순간
오, 그대로 멈춰다오

유리꽃병

꽃숭어리 한 웅큼에
나를 담아 놓고
유리병 중심을 흔들어 놓는다
철들기 위한 내가
가장 편하게 가장 깊게
첨벙 물속으로 뛰어든다

흩어져가는 나의 중심을
어미의 손 같은 어진 힘으로
잡아주는 투명한 원칙은

꽃으로 피어나 꽃으로 무너지는
결말의 속도를 낮추기 위한 자세

넌 언제나
단단한 벽과 벽 사이에서
날개를 달아주는 나의 수호천사

깨트리지 마, 날아가지마
나의 날개여

다이어트

답 없는 휴전을 위한
싸움은 없었고
다만
옷을 벗고 입을 때마다
불뚝한 배가 먼저
나를 긴장시키며
초점을 흐려놓지

출렁이는 뱃살을 달고 핸들을
돌리기엔 일방통행 좁은 길
갈 때까지 가보자
포기하기 위한 휴전은
어제로 끝이야

봄하늘도 고집을 피우며
백옥 같은 목련꽃을 피우는데
이제 시작이야
아직 휴전은 멀었어

씹지 마세요

치과에 갔다
밤새 쑤셔대던 어금니
신경은 차단시키면 그만이지만
먹고 사는 일이 우선인지라
씹어대는
그 어떤 힘에도 밀려나지 않게
단단히 심지를 박고 홈을 메워야 했어

시궁창으로부터 해방이라며
오십 대 여인이 씌웠다고 말할 때
어떤 아저씨는 박았다고 말하고
어떤 할아버지는
심으러 왔다고 말했어

입안에도 먹고 살기 위한 밭이 있어
힘없는 이 갈아 엎는 작업
한창이라며
찢어지지 않을 만큼
입 벌리고 있어야 작업이 종료 된대요

작업 끝 막판은
주의사항에 귀 기울여야 해요

오늘은 제발 씹지 마세요
적소에
겨우 살려놨거든요

돌래떡

허물이 자꾸만 커져갈 때
가장 낮은 자세에서
내 이마 위로 자주 올려졌던
어머니의 열 감지기 손이

맥없이 흔들리는 날엔
간절한 소망으로 완성된
돌래떡이 한 차롱 담겨진다

입 안 가득 열독으로 부풀은
몽롱한 며칠이 지나고 나면
큰 비가 후두둑 떨어지고
더 선명해진 초록은
초 하룻날
어머니의 절박한 기도를
하늘을 향해 한 층 더 올려 놓는다

도드라진 둥그런 맵시

침묵의 떡

한동안 열병을 앓고 나면
어머니가 만드신
새하얀 돌래떡이 먹고 싶어진다

하얀 그늘의 저편

창궐하는 바람에
벚꽃이 와르르 모여들며
골목길을 도배한다

벚꽃으로 수놓은
화이트카펫을 밟고
엉거주춤 걸어가는
어머니의 하얀 머리 위로
아기살결 같은 벚꽃이
나풀 내려앉는다

눈부신 골목길

어머니의 휘어진 등 뒤로
눈물겨운 봄이 지팡이 자국 따라
깃털처럼 흩어지고
진한 한숨이 꽃향수에 묻혀
은은하게 퍼져 가는데
어머니의 봄은 어디에

꽃길만 가시리

흐렸다 개었다
그래도 꽃같이 산다고
꽃을 찍었네

따사로운 하늘빛에
돌아 볼 내일을 터트리네

이리 봐도 저리 봐도
초록 잎에 나비를 부르는
그윽한 눈빛

발길 따라
꽃물이 젖어드는 꽃길만 가시리

저수지 판화

갈대밭을 거닐다 저수지를 만났다
저수지엔 머릿속으로 그렸던
잉어 대신 원앙오리들이
물 위에 둥둥 뜬 가을을 받아먹고 있다

물 속엔
억새가 머리를 거꾸로 박힌 채
늦가을 햇살을 토해내며
날카로운 바람에 괴로워하고 있다
억새 머릿결이 흔들릴 때마다
원앙들은 서로를
원앙생 원앙생
단단하게 섞어가고 있다

낯선 자동차 소리에
물 위의 평온이 깨지고
물 속에 잠든 산이 느릿느릿
귀환 준비에 깬다

물에서 살아야 하는 생존방식의 조율
원앙들의 잔뼈를 굳히는 물비늘이
늦가을을 저수지 바닥으로
부풀리며 하늘을 본뜨고 있다

등대가 파도를 부를 때

문득 눈을 떴을 때
비가 내리면
서른 해 넘게 묵혀둔
쓴 기억이
녹슨 철문처럼
삐걱거리며 빗속으로 녹물을
씻어내지

벌이 다녀 간 목련꽃이
꿀잠에서 깨어나고
가면이 벗겨지던 날에도
부드러운 입마춤은
비가 내릴 때에도 계속 되었지

사랑의 깊이를 재기 위한
거미줄 타기는
매 번 쓸려나가 실패했고
창문을 닫으면
하늘이 너를 불렀지

소용돌이치며 떨어지는
푸른 약속은
팡파르 터트리며
땅속으로 침몰해버린 묵은 빗금을
꺼내 놓는 일

참새의 성찬

땅 위의 경계는
즐거운 성찬이지
단단한 가지에 달린
노란 귤을 부리로 살짝
건드렸을 뿐인데

둥그런 경계가
물컹하게 허물어지고 말았지

경계를 무너뜨리는 건
달콤한 호기심을 자랑하는
그들만의 법칙

눈 앞의 만찬에
재미를 키우고 싶은 날
감나무 가지에 앉았다가

달콤한 맛이 지루해지는 날이면
상상의 나무들에게 자장가를

불러주고 싶어지지

날개에 엔진을 달고
또다른 경계를 넘본다지
세상을 품속으로 거둬들인다지

한바탕 봄은 파쇄 되고

가시리 녹산로 유채꽃길
노란 꽃망울이 팝콘처럼
부풀어 올라올 무렵
가까이 다가서면 다가설수록
가늠하지 못할 이별부터 생각해요

여행자들은 노란 비상등을 좋아하나봐요
꽃망울의 처절한 눈빛 좀 보세요
제발 꽃 같은 사랑은 이제 그만
깜빡깜빡 노란 신호등에 비상이 걸렸잖아요

부풀어가던 노란 희망은
감염증의 불안에 흔들리다
파쇄기에 가루가 되고

우리는 그들의 유해 앞에서
불평등을 외치지 못한 채 씨를 말리는 현장을
멍하니 바라볼 수 밖에 없었어요

승리자의 기쁨처럼
함성을 퍼부우며 거닐었던 유채꽃길
잘려나간 어처구니 없는 죽음 앞에
단 한 가지 죄목은
비껴가지 못한 계절에 피어난 죄

꿈인듯 사라져버린
지상에서 다하지 못한 사월의 형상 앞에
와르르 쏟아지는 꽃가루비

사과가 달지 않아

아침에 씹다가 달지 않아 남겨진
멍이 더 퍼져버린 사과

저녁에 남편과 같이 또 씹었다
씹을수록
멍든 사과에 남아있던 단맛이
혀끝을 이탈했다

사과에 남아있는
퍼진 멍을 도려내려다
사과 속에 남겨진 단맛을
놓쳐버린 저녁은
나의 입을 쓰게 만들어버렸고
기어코
멍든 사과에 생긴 상처까지
잘근잘근 씹다가
헛바닥에 베인 말만
바닥이 드러났다

멍든 사과의 맛을 떠올릴 때마다
혀끝의 단맛이
또다시 이탈할까봐
날렵하게 돌려깎는 연습이 필요했다

에너지라 불러줄게

무료할 때
찾는 것이 알콜이라면
지친 뇌를 진정 시킬 때
찾는 것도
알콜이라 했어
미친,
나도 가시를 단 장미꽃이 되기 위해
알콜의 힘을 얻어왔지

뿌리를 뒤흔드는 불면의 밤도
다 에너지 근원의 발설이라고
물처럼 흘러가는 세상 이야기에
물이 주는 선물치고는 알콜이지
그래 대만족이야

사람이 사람답게 주고받는
살아있는 재생에너지
질풍의 시간들을
차곡차곡 담아 부딪히며

장미의 가시에
돋보기안경을 달아줄 테야

잘근잘근 씹다가 부풀리는
풍선껌에 실핏줄을 달아주는
심드렁한 도깨비 이야기를 들려줄 테야

낙엽의 훈수

몸에 잔뜩 낀 녹색의 기름기가
지겨워서가 아니예요
다만
새의 깃털처럼 가벼워지기 위해
나의 주인을 가슴에 묻고
한 계절 잠시 서성거리는 것 뿐이예요

새파랗게 윤기 흐르던
젊은 날의 한때보다
골다공중에 신음하는 지금의
모습을 부여잡고
당신에게 반한 척 하는 건
내가 아니고 당신이예요

가지에 동동 매달린 채
쓴 인내로 허기 채우며
노랗게 물든 욕망을 홀가분히 털어내는
근육질 이파리들 보세요

나를 가을의 신이라 부르지 마요
나를 쳐다보며 찬양하지 마요
난 그저
잠시 주인을 등에 엎고 떠나는
수배당한 이파리일 뿐이라구요

4부

계란말이

날아간 어미는
허그의 균열을 예상하고
다시 오지 않았다

이른 아침
허그를 깨뜨리고
에그의 키스를 훔쳤다

명장면을 미처 연습하지 못한
에그의 입술을
통째로 가진 나는

잘 달구어진 팬 위에
깨진 허그를 짜맞추며

견고하게 돌돌 말린 아침의 근거를
과속으로 삼켰다

사랑해 벽

파리의 한 골목길
낙서로 가득한 높은 벽에
연인들이 다닥다닥 붙어선 채
기념 촬영이 한창이다
가까이 다가가 보니
지구상에 사랑해란 단어는
다 쓸어모아 새겨놓은
사랑해벽이란다

수많은 연인들 틈을 비집고
나와 딸은 사랑해벽으로 들어섰다
높은 벽에 빼곡하게 박힌 글자들 틈에서
홀린 듯
눈에 확 들어오는 딱 세 글자
사 랑 해

사랑해벽에 기대어 선 채
나와 딸은 다짐하듯
수많은 군중들 앞에서 손가락 하트

사랑해 사랑해 사랑해
내 딸 사랑해 사랑해

무뚝뚝한 엄마
딸과의 추억만들기 여행길에서
그동안 풀어주지 못한 응어리들
서툰 애정표현 앞세워 녹이느라 진땀 흘렸어

엄마에게 쌓인 벽 이제 좀 허물어졌니?

장미는 연애중

코끝을 찌르는 들녘의
찔레향처럼
곰살맞은 연애를 꿈꾸며
장미꽃을 꺾으려다 가시에
손끝을 찔렸어

장미의 온기를 감지하지 못한
손가락 끝에서
꽃봉오리가 탐스럽게
피어나고 있었던 걸 몰랐던 거야

상큼한 오렌지도
달달한 젤리도
식 후의 입맛처럼
속을 파내지 않고도
부드러운 혀의 촉으로
가려운 맛을 살살 긁어낸다지

나는 붉은 색의 입술 보다

부드러운 가시가
더 사랑스럽다는 말을 듣기 위해
장미빛 스카프를 목에 두른 대신
말을 줄이고 가까이 다가가 눈빛을
맞추기로 했지
내 눈 속으로
너를 들여다 놓고 보니
자꾸만 굵어져가는 가시밭길에도
탄성을 터트리는 배후가 있어
장미는 연애 중

홍매실

비와 바람과 햇살만 먹고도
옹골찬 저 얼굴 좀 봐
나뭇가지를 뒤흔드는
종달새의 휘파람 소리에도
놀래는 기척이 없어

처음부터 둥글게 태어나
둥근 생각만으로
붉게 물들어갈 무렵
신물삭이며 나무 밖 세상으로
갈아타는 죽음도
자연에 순응하는 이치라며
기꺼이 보여주는 용기

오래도록 가슴에 묻은
첫사랑의 흔적처럼
젊은 한때의 심장을 달고
볼 빨간 사춘기는 탱글탱글 여물어가고

고래와 꿈을

제법 쓸 만한 고래야
물보다 산을 더 좋아하고
쌀밥보다 잡곡밥을 더 좋아하지

어제는 솥뚜껑에
장미꽃을 달아놓더니
오늘은 무지개 케익을 만들어
나에게 선물로 줬어
빌딩을 내 앞으로 물어다 줬고
일층 찻집에선
내가 주인공인 파티가 시작되었지

목련꽃차 한 잔 마실래요?

코 끝을 후비는 목련의 향기에
그만 잠에서 깨어버렸어

내 옆엔 밤새 쇼를 마치고 돌아온
60년산 고래가 코를 골고 있었어
아 씨발, 꿈에서는

커피가 있는 풍경

올라오는 식탐을 누르기 위해
식당을 지나치고 커피숍에 갔다
웅크려진 이야기들로 뚱뚱해진
커피숍엔
기름칠한 듯 미끄러지는 노을처럼
부풀어가던 말들이
찻잔 속으로 빠져들고
어제 들었던 노래가
오늘도 허공에서 노를 젓고 있다

떠도는 말들로
하루의 허기를 채워놓고
눈빛만 남기며
방향도 모르는 수다 속으로
떠밀려 갈 때

나의 성실한 하루는
혼자 중얼거리며
단골 커피숍 메뉴를 정독하고

맛을 보는 일

커피맛과 친해지기 위한
나의 혀 끝으로
허공에서 맴도는 음악을 끌어들이는 일

꽃신

발을 빠져나간 신발
주인을 찾았다는 소문이
발자국에 붙어있어요
꽤나 오랫동안 공들여 끓인
뽀얀 사골국물 위에
당신의 얼굴이 둥둥 떠 있어요

가려웠던 발바닥이 땅에 닿을 때마다
잠에서 깬 꽃들이
발등위로 천천히 일어나요

꽃집에서 온 당신은 나에게
오래 전에 꾼 꿈을 해몽하듯
꽃신을 신겨주었어요

꽃신을 신었을 뿐인데
발바닥이 자꾸만
어깻죽지 위로 올라가려해요
꽃신에 새의 날개가 걸렸어요

당신을 떠올릴 때마다

웅크렸던 발에서 쉰 냄새가 도망가요

세대 간극

구순을 넘기신 할머니와
여덟 살 증손녀가 옥신각신이다
이유인즉
먹통이 다 되어버린 할머니 귀에 대고
손녀가 저녁식사 메뉴 고르는
대화중에 벌어진 일이란다

손녀가 종이에 적어 놓은
핏자 치킨 메뉴를 보고
할머니는 고개를 살래살래 흔드시더니
장쿡, 장쿡하신다
손녀는 할머니 귀에 입을 대고
혼신의 힘으로 말을 한다
"할머니, 장쿡이 뭐예요?"

답답은 피장파장
머리 박박 긁어대는 손녀를
물끄러미 바라보시더니
"애기 어멍아,

손지 밥먹기 전이 머리부터 문첨 금기라,"

할머니의 한 마디 쓴소리,
해맑은 저 표정으로

까치집

한라생태숲 팽나무 정수리에
텅 빈 까치집
흔들흔들 수심이 깊다
몇천 몇만 번의 날갯짓 퍼득이며
어디서 어느 만큼 날아와
보금자리를 만들었을까

어미의 실핏줄처럼
얼기설기 엉켜진 까치집엔
벼랑끝에서 새끼를 품었다 떠나보낸
어미의 아찔했던 영혼이 매달려있다

사람의 발길 따라 쫓아오는 바람소리에도
등짝이 서늘했을
어미의 혼신을 다한 기운으로 지어낸
나무 위의 낡은 집 한 채

부러져가는 가지를 밀어내고
새순 키워 꽃 피워내는 초록가지의 마음처럼

날마다 두 팔 벌려
눈에서 멀어진 자식을
가슴속에 품었을 헐렁한 까치집

삭정이에 서린
바싹 마른 어미의 핏줄이 너울너울 아리다

차고 또 차고 뿅 차고

여름 한낮 외출준비 한창이다
최대한 시원한 차림으로

검정색 민소매 티를 입었다

무릎이 찢어진 청바지를 입었다

베이지색 모자를 썼다

뭔가 더 필요할 것 같아
귀걸이를 걸고 썬글라스를 꼈다

이만하면 됐다 싶어 거울을 보다가
나잇값을 해야 할 것 같아

하얀색 망사 가디건을 걸쳤다

크로스 가방을 메고
새로 산 하얀 센달을 신었다

현관을 나서려는데 딸이
엄마 뽕브라 차고 가

외출 한 번 하는데
입고 쓰고 걸고 끼고 걸치고 신고 메고 차고

브래지어 이미 찼는데
그것도 부족해 뽕까지 차라하네

찌는 더위 화끈하게 차버리고 싶은 날

차고 또 차고 뽕 차버리고

우리 집엔

락스에 빨아 말린 하얀 운동화도
카네이션과 잘 어울리는 유리 꽃병도
딸과의 나들이에 필수품인 셀카봉도
남편과 내 눈을 키워주는 돋보기도
발 냄새로 절여진 신발장도
결혼기념 선물로 받은 커피 잔도
손잡이가 누런 냉장고도
덜컹거리는 세탁기도
빛바랜 커튼도
베이지색 손뜨개질 모자도
무릎 찢어진 청바지도 원피스도
양은냄비도 다리미도 청소기도
에어컨도 쌀통도 다육이도

오래 전부터
우리 집에 와서는 식구가 되고

물에도 취하고
웃기고 비비고 싸우고

그러다가 상처나고
조용하고
늙어가고

아버지 산소에 가는 날

오래된 스레이트집 마당에서
금잔디를 깎던 어머니
떨어진 하귤에
쿵쿵거리는 개를 데리고

키 큰 구슬잣밤나무 우뚝 서있는
오거리 나무벤치 오른쪽 모퉁이를
돌아서서
제비꽃 찔레꽃 인동꽃 엉겅퀴
개민들레 쑥부쟁이
사철 옷 바삐 갈아입느라 이슬에 젖은
들길 따라
아버지 산소로 지팡이 짚고
거북이걸음 옮기신다

억새 틈에서
꿩 한 마리 푸드덕 날아가더니
개 짖는 소리 메아리 친다

시끌벅적 좋아하셨던 우리 아버지
시끄럽다 큰 소리 한 번 없이
오늘도 단잠 속으로
푹 빠져드셨네

돌담 위의 경전

억척스레 살아온 세월
이 만큼이라고
패인 주름 추켜올린 늙은 호박

날마다 밥상 차리시던
어머니의 빛바랜 지난날에도
텃밭 돌담을 올라탔던 호박만큼이나
오남매의 양볼을 통통하게 살찌우던
당당한 세월이 있었지
한때는 작은 바램 같은 싹이었다가
벌나비를 부르는 노란 꽃을 단 사춘기었다가
어느 날 동글동글한 엉덩이가
펑퍼짐해지기 시작하면서
여자로 살아가는
먼 길을 생각하게 되었지

엄마처럼 척추를 구부리고
굽이굽이 먼 산을 건너는 훈련 같아서
양 볼에 팔자주름 키우는 일인 것 같아서

돌담 위의 넓은 이파리에
들어앉아 몸을 감싸고
매일매일 조각나는 계절을 몸속으로
끼워넣고 있었지

늙어가는 이마 위로
굵은 주름 깊게 패일수록
노파를 대하는
낯익은 사람들의 마음속에선
돌담 위의 경전이 펼쳐지지

비의 독백

내면의 고통을
털어내기 위한
고뇌에 잠겨들 무렵
안개가 낄 거라는 일기예보에
온몸을 뒤집어 엎어버리는 거야

오늘은 구름의 속도를 위장한
가면을 벗겨내고
나의 뿌연 속을 모두 투명하게 털어내는 거야
기다림에 닳아 녹슬어버린 가슴 한복판에
초칠을 하고
새의 심장으로 날아다닐 거야

아무도 넘보지 못하는 나의 호령에
현악기의 잔영을 생각하게 될 거야

매일의 날들이 줄다리기하듯
밀어내고 밀려나는
변화에 순응한다는 게 당황스러워

이별이 내게 우연으로 찾아든다면
나를 보고 질러대는 모든 비명을
쓸어버릴 거야

햇빛 쨍쨍 내리쬐는 날
우연을 가장한 천둥 번개도
알고 보면
불투명의 희망을 쫓아가던
나의 젖은 발걸음일 뿐이라고 말할 거야

마네킹

하얀 원피스에
베이지색 스카프를 목에 두르고 보니
바람에 흩날리는
영화 같은 장면이 떠올라
두꺼운 유리문 밖 떠날 생각을 하다가
진열장에 갇힌 나에겐
비상구가 없다는 것을 알게 됐어

훤히 내다보이는 밖으로
단 하루만이라도 걸어 나갈 수 있는 날엔
가장 편한 옷으로 갈아입고
한 번도 안 써본 헬멧을 쓰고
오토바이 씽씽 달리며
가장 먼저 해안가를 돌고 다음으로
한라산 둘렛길을 두 바퀴 돌고 오겠어

비릿한 바다 냄새도
봉오리 터트리는 작은 들꽃의 숨소리도
새끼를 품은 어미새의 진한 모성도

푸른 호흡들을 심장 속에 가득
담아놓는 꿈만 매일 꾸었어

철마다 아주 잘 입는 것에 족하다며
계절 또 한 계절을 묵묵히 보내는 건
주인의 완벽한 복화술에 걸려든 인형극

오늘은 고독의 얼룩을 벗겨내고
배에서 올라오는 목소리를
힘껏 밀어내어 보지만
갇힌 목소리는 유통기한 없이
또 다시 잠겨들고

유독 고독한 여자가 바깥이었다가 안이었다가

엠보싱의 생애로

미끈한 타일바닥 방심한 순간
삭정이 꺾어지듯
손목이 뚝 부러지면서
불혹을 건너온
지천명의 뼈대가 힘없이 무너지는
악, 외마디 소리

아프다는 말보다 애초에
염두에 두지 못한 나의 예측된
돌발 상황에 그저 담담했다

나의 손목에는
살가죽과 살가죽이 당겨지면서
뼈와 뼈 사이
틈새를 만들어버렸고
그 틈에선
보이지 않은 피의 냄새가
설핏 나는 것 같았지만
나무 둥지에 앉은

어미새의 마음을 생각했다

깁스 한 나의 손목은
한 달째 요지부동
단단하게 봉인된 비상등 켜진 손목에선
주문을 건 피가 손가락 끝을 뜨겁게 달군다

뼈마디가 진가로 돌아올 때까지
흔들리고 부딪혀도 상처 없는
푹신푹신한
엠보싱의 생애이길
돋을무늬 가슴 속에 새겨 넣으며

해변의 꿈

내 기분 그냥 그랬어
아침까지는
점심 대신 커피숍에서
레드빈눈꽃빙수를 마시고 나니
들뜬 사춘기 마음 같아

한낮 뜨거운 햇살에 비키니 입고
해수욕 즐기는
검은 모래사장을 그리고 있었지

순식간에 떠오르는 젖은 눈빛
급기야 눈시울이 붉어지고
느린 음악이 흘러나오고
카페의 조명이 바뀌지고

달달했던 눈꽃빙수의 맛을
헛끝이 자꾸만 밀어내려고 해
젖어버린 가슴 속
끈적이는 너는

갓 지은 밥처럼
나의 허기를 너무 잘 알아

그냥 마음 닿는 데로
흘린 눈물이야 쏟아내면 그만이지만
한껏 멋부린 헤어스타일
헛손질이 아니길

오늘도 눅눅한 마음
그저 그렇게 웃는 듯 우는 듯
그러다가 저녁이 되면

조용히 떠올랐다 지는 무지개를 쫓아서

희화적 상상력, 그 조소의 시학

양영길(문학평론가)

1. 프롤로그

풍자시는 사회문화의 불합리와 모순 등에 대한 비판이 주제가 될 때가 많다. 반 권위적이며, 사회적 약자와 소수자들의 박탈감을 대변하게 된다. 김정미 시인은 자신을 '허당녀'라고 하면서 사회문화적 모순과 동일시함으로써 시적 대상을 유머스럽게 끌어안고 있다.

"힘없는 이 갈아 엎"어야 할 때 "찢어지지 않을 만큼/ 입 벌리고 있"는 모습. 그것을 누구는 "씌웠다고 말"하고, 누구는 "박았다고 말하고" 또 누구는 "심으러 왔다고 말"했다. 의사는 "겨우 살려놨"다고 했다. 세상에는 처지에 따라 입장에 따라, 씹을 일도, 씌울 일도 많고 많은데 함부로 '씹지 말라'(「씹지 마세요」)고도 한다.

김정미 시인의 시에는 긴장미가 있다. 과감하고 상상력이 넘치는 상황 전개가 극적이라 할 만큼 생동감이 있다. 매사에 적극적인 경험이 시인으로부터 어쩔 수 없이 터져 나오는 일련의 탄식을 불러일으키고 있는데, 시인은 일종의 희극적 분노를 유쾌한 상상력으로 풀어내고 있다.

김 시인은 사회문화 현실을 비꼬고 가치의 전도에 의한 언어적 유희에 그치지 않고, 멸시하거나 조롱하지 않으면서도 우스운 비유효과를 생생하게 보여주고 있다. 그 희화적 상상력이 유별나다.

2. 희화적 상상력

해학이 동정적 웃음이라면 풍자는 비판적 웃음이라고 할 수 있다. 김 시인은 풍자의 대상을 우스꽝스럽게 나타내고 있는데 시작품 속에 드라마의 씨앗을 가꾸고 있다. 이는 보다 순화된 세계에서 살고 있는 탓이기도 하다.

> 소란스런 바깥세상 흔들림에
> 올곧은 마음 흐트러지지 않으려
> 내 안의 온도에 몰입한다
>
> 우리의 태생을 따뜻하게 해 준
> 검은 지붕 집을 벗어날
> 미래의 운명 같은 건 생각 않기로 해
> 좁은 방에
> 꽉 차오른 젖은 사연
> 서로의 숨소리만으로도
> 그래, 괜찮아

웃을 수 있었어

눈부신 태양 빛이 없어도
마음 따뜻이 녹아드는 아랫목이 있어서
젖은 두 다리 쭉쭉 뻗어내려
선잠에 구부러진 목뼈 곧추세우며
서로 등 쓸어내리지

하늘구경 한 번 못한
머리 위에 별똥꽃 우수수 피었다
은총의 물세례 쏟아진다

— 「콩나물」 전문

우리들은 한 때 콩나물시루 같은 교실에서 콩나물처럼 보호를
받아야만 했던 시절이 있었다. '갇힌 세상'이어도 "은총의 물세례"
를 고맙게 여겼다. "우리의 태생을 따뜻하게 해 준/ 검은 지붕 집"
에 갇혀 있어도 "눈부신 태양 빛이 없"어도 "젖은 두 다리 쭉쭉
뻗"으며 자랐다. "미래의 운명 같은 건 생각 않기"로 하고 "올곧은
마음 흐트러지지 않"으려 애쓰면서 살았다. "소란스런 바깥세상
흔들림"에도 "꽉 차오른 젖은 사연"에도 "따뜻이 녹아드는 아랫목
이 있"어서 "서로 등 쓸어내리"면서 자랐다.

콩나물 키우기의 체험적 관찰을 통해 콩나물의 특성을 청소년
기 교육적 환경과 동일시함으로써 그것들이 지닌 **따뜻함**과 안타
까움과 부조리함과 페이소스를 한꺼번에 담아내고 있다. 미묘한
이중성이 시인의 장난기마저 삼켜 버리고 있다.

하얀 원피스에
베이지색 스카프를 목에 두르고 보니
바람에 흩날리는
영화 같은 장면이 떠올라
두꺼운 유리문 밖 떠날 생각을 하다가
진열장에 갇힌 나에겐
비상구가 없다는 것을 알게 됐어

훤히 내다보이는 밖으로
단 하루만이라도 걸어 나갈 수 있는 날엔
가장 편한 옷으로 갈아입고
한 번도 안 써본 헬멧을 쓰고
오토바이 씽씽 달리며
가장 먼저 해안가를 돌고 다음으로
한라산 둘렛길을 두 바퀴 돌고 오겠어

비릿한 바다 냄새도
봉오리 터트리는 작은 들꽃의 숨소리도
새끼를 품은 어미새의 진한 모성도
푸른 호흡들을 심장 속에 가득
담아놓는 꿈만 매일 꾸었어

철마다 아주 잘 입는 것에 족하다며
계절 또 한 계절을 묵묵히 보내는 건
주인의 완벽한 복화술에 걸려든 인형극
오늘은 고독의 얼룩을 벗겨내고

배에서 올라오는 목소리를
힘껏 밀어내어 보지만
갇힌 목소리는 유통기한 없이
또 다시 잠겨들고

유독 고독한 여자가 바깥이었다가 안이었다가
　　　　　　　　　　　　　　　　　—「마네킹」 전문

　"비상구가 없다"는 것을 알게 되었을 때, 쇼윈도우의 복화술에
걸려 외롭게 서 있어야만 하는 마네킹에게 말을 건넨다. "가장 편
한 옷으로 갈아입"히고 "한 번도 안 써본 헬멧"을 씌우고 "오토바
이 씽씽 달"려 "해안가를 돌고" "한라산 둘렛길을 두 바퀴 돌고"와
"고독의 얼룩을 벗겨"내어야 한다. "비릿한 바다 냄새도" "작은 들
꽃의 숨소리도" "새끼를 품은 어미새의 진한 모성도" '심장 가득
푸른 호흡을 담아놓는 꿈'을 꾸게 해야만 한다.
　풍자는 시인의 거울이기도 하다. 현실에 얽매여 답답한 나머지
극적 환상을 한다. 억지로 꾸미는 것이 아니라 오히려 그 반대인
얽매임으로부터의 해방감을 누리고 있다. 마네킹과 함께 떠나는
상상 여행은 자기 동일시를 통한 고급한 해학이기도 하다.

3. 조소의 시학

　냉소가의 웃음은 외롭고 쓰디 쓴 즐거움이기도 하다. 그러나 김
시인의 웃음은 공허한 웃음이 아니라 장난기와 심각성으로 혼융
하는 아이러니를 담아내고 있다. 심각한 일을 마치 심각하지 않

일처럼 말하는 완곡한 어법에 의한 아이러니한 시적 상황을 연출하고 있다.

옥수수를 먹다가
문득 거울 속에 비친
내 모습을 봤어
햐, 그게 말이야
개딸년 같은 것이
개뼈다귀 입에 물고 나팔 부는
영락없는 미친 년 같더라니까

저기 수수씨는
마누라 속이 다 헐어 문드러졌는데도
저 혼자 잘난 척
흰머리 붉게 물들인 것 좀 봐

너의 감언이설에
홀딱 넘어가 줬더니
내 말에는 시간 없다 돈 없다
핑계만 늘어가고
네가 제 아무리 옥씨 성을 가지면 뭐해
나 이래봬도 이빨 센 미시족인 거 몰라?
두고 봐
내 입에 씹히면
넌 씨알도 없어

　　　　　　　　　　ㅡ「수수씨, 나 좀 봐요」 전문

"옥수수를 먹다가/ 문득 거울 속에 비친" 자신의 모습에서 "개뼈다귀 입에 물고 나팔 부는" "미친 년"을 보게 된다. 문득 "감언이설에/ 홀딱 넘어"갔던 시절을 소환한다. "저 혼자 잘난 척/ 흰머리 붉게 물들인 것"을 보면서 대들듯 한 마디 한다. "네가 제 아무리 옥씨 성을 가지면 뭐해/ 나 이래봬도 이빨 센 미시족인 거 몰라?/ 두고 봐/ 내 입에 씹히면/ 넌 씨알도 없"다고 으름장을 놓는다.

망가진 자신을 보다가 "저 혼자 잘난 척"한다고 상황이 바뀌고, 다시 '이빨 센 미시족'으로, 다시 '씹어버리겠다'로 바뀐다. 반전에 반전이다.

자신이 망가진 모습에서 시작하여 반전을 거듭하면서 웃음을 자아내고 있다. 부부싸움도 이렇게 하는 거 아닌가 모르겠다. 기지가 돋보인다.

여름 한낮 외출준비 한창이다
최대한 시원한 차림으로

검정색 민소매 티를 입었다

무릎이 찢어진 청바지를 입었다

베이지색 모자를 썼다

뭔가 더 필요할 것 같아
귀걸이를 걸고 썬글라스를 꼈다

이만하면 됐다 싶어 거울을 보다가
나잇값을 해야 할 것 같아
하얀색 망사 가디건을 걸쳤다

크로스 가방을 메고
새로 산 하얀 센달을 신었다

현관을 나서려는데 딸이
엄마 뽕브라 차고 가

외출 한 번 하는데
입고 쓰고 걸고 끼고 걸치고 신고 메고 차고

브래지어 이미 찼는데
그것도 부족해 뽕까지 차라하네
찌는 더위 화끈하게 차버리고 싶은 날
차고 또 차고 뽕 차버리고

　　　　　　　　ㅡ「차고 또 차고 뽕 차고」 전문

　'옷이 날개'라는 문화를 웃음으로 표현하고 있다. 실용보다 외모를 중시하는 현실 앞에 자기 결함을 희화화하는 재치와 해학이 돋보인다. 그냥 해학이 아닌 차라리 우아하고 정교하게 짜여진 하나의 무대의상을 연상시키는 동적인 힘과 즉시성을 엿보게 한다.
　맹목적으로 따라야만 하는 현실을 극적 언어를 통해 웃음거리를 만들고 흥을 보듯 빈정거리는 짓궂은 장난기가 발동하고 있다.

"옷 속에 날개를 달고 싶"은 날이면 '가방을 내동댕이'(「그 날 날고 싶었다」)치고 옷들을 걸쳐 보는 것 같다.

우리들은 그저
당기면 당기는 데로
무심하고 한심하게
찢어지는 아픔도
모르는 줄 알고 있니?

뜨거운 여름 날
아이스 커피 잔 바닥에 눌려진 채
온몸 문드러지는 아픔도
꾸역꾸역 참아내기만 하는 줄 알고 있니?
황금 불빛에 눈 멀어
제 몸 다 태우며 재가 되어 버리는
바보인 줄 알고 있니?

그거 알고 있니?
때로는 인간들의 엉덩이 훔치기 위해
변기통으로 버려질 때를
준비하기도 하지

그거 알고 있니?
우리는 버려진 운명의 변기통 속에서
코를 막다 죽어가는 게 아니라
인간들의 엉덩이 여행 다녀온 얘기들을

다시 모은다는 것을

인간들의 긴 창자에서 뽑아낸 찌꺼기들은
잘 난 너도 못 난 나도
다 똑 같이 구린내 나는
똥이라는 사실에
우리들은 깔깔대며 배꼽을 움켜쥐지
　　　　　　　－「그냥 화장지가 아니야」 전문

　화장지의 우스꽝스러운 여행을 통해 항변하듯 처지의 아픔을
희화화하고 있다. "우리들은 그저/ 당기면 당기는 데로" "찢어지
는 아픔도/ 모르는 줄 알고 있"냐고, "바닥에 눌려진 채/ 온몸 문드
러지는 아픔도/ 꾸역꾸역 참아내기만 하는 줄 알고 있"냐고 감정
의 상처를 대변하고 있다.
　"변기통으로 버려질" "운명의 변기통 속에서/ 코를 막다 죽어가
는 게 아니라/ 인간들의 엉덩이 여행 다녀온 애기들을/ 다시 모"아
구린내 나는 놈들을 꾸짖을 준비를 한다.
　"잘 난 너도 못 난 나도/ 다 똑 같이 구린내 나는/ 똥이라는 사실
에/ 우리들은 깔깔대며 배꼽을 움켜"쥔다. '오물취미'라고나 할까.
경멸과 조소를 통한 빈정거림이지만, 단순한 악의적 공격인 램푼
lampoon과 구별되고 있다. 냉소주의처럼 소극적인 태도로 백안시
하지 않으면서도 극적 효과를 얻고 있다.
　자신의 배설물은 아무렇지도 않게 냄새를 맡으면서도 남의 배
설물에 대해서는 구역질이 나느니 냄새가 심하다느니 하는 인간

들. '구역질 난다'는 기준은 결국 '나의 것'이냐 '남의 것'이냐에 달려 있는 현실을 꾸짖고 있다.

4. 에필로그

풍자는 새로운 사회문화의 등장에 당혹해 하는 현대인의 한 모습이기도 하다. 김정미 시인은 우롱하고 있지만 억제되고 모순된 이야기에 대답하는 말하기 방법으로 세속적인 가치관들을 흔듦으로써 억압에서 벗어나고자 하는 보통 사람들의 욕망을 담아내고 있다.

우원迂遠한 표현이나 장중한 언어를 거절하고 그로테스크한 장면 연출에 의해 정연한 품위들을 통쾌하게 뒤집어 버리고 있다. 독자의 습관적 기대를 깨버리는 유희 본능도 한 몫을 하고 있다.

대상과 동일시하여 우스꽝스럽게 표현하고 있는데, 이는 현실이라는 힘 앞에 순종하지 않고 비틀면서도 선의의 웃음을 유발하여 인간에 대한 동정의 시선을 보내고 있는 것이기도 하다.

김 시인은 아름다움을 멜랑콜리와 관련짓지 않는다. 전원적 관습과도 거리를 두고 경험에 충실한 본질을 찾아 우리 사회문화의 어리석음을 유쾌하게 조소하고 있다.

김정미 시인의 시詩는 진지하고 고상한 것이라는 인식에 찬물을 끼얹는 통쾌함이 있다. 재미가 있어야 독자가 있다. 시적 재미를 위해서는 스스로 좀 망가지는 희생을 감수하긴 해야 한다. 그것이 프로로 가는 길이고 시적 생명을 얻는 길이기도 하다. *

허당녀 염탐 보고서

초판 1쇄 인쇄일	2020년 10월 1일
2쇄 인쇄일	2020년 10월 23일
초판 1쇄 발행일	2020년 10월 8일
2쇄 발행일	2020년 10월 30일

지은이	김정미
펴낸이	한선희
편집/디자인	우정민 우민지
마케팅	정찬용 정구형
영업관리	한선희 정진이
책임편집	김보선
인쇄처	으뜸사
펴낸곳	국학자료원 새미(주)

등록일 2005 03 15 제25100 · 2005 · 000008호
경기도 고양시 일산동구 장항동 864-3 하이베라스 405호
Tel 02 442 · 4623 Fax 02 6499 · 3082
www.kookhak.co.kr
kookhak2001@hanmail.net

| ISBN | 979-11-90988-75-9 *03800 |
| 가격 | 12,000원 |

* 이책은 Jeju 제주특별자치도 JFAC 제주문화예술재단 의 2020년도 문화예술지원사업에 후원을 받아 제작되었습니다.

* 이 도서의 국립중앙도서관 출판예정도서목록(CIP)은 서지정보유통지원시스템 홈페이지(http://seoji.nl.go.kr)와 국가자료 공동목록시스템(http://www.nl.go.kr/kolisnet)에서 이용하실 수 있습니다.